Luiz Eudes

IL ROSARIO CONSUMATO

Romanzo

EDIZIONI WE

Titolo originale: Il Rosario Consumato.

Traduzione e adattamento di Simona Adivíncula
s.adivincula@libero.it

Revisione Letteraria: Tom Torres

Illustrazione: Samuel Costa

Modello: Vó Dadá

Copertina: Géssica Ronise

Contatti dell'autore
e-mail: luizeudes648@gmail.com
Facebock: Luiz Eudes
Instagram: @luiz_eudes

ISBN 979-12-5497-067-6

©2022 Edizioni WE di Nicola Bergamaschi
Via Paulli 10/A – 26015 – Soresina (CR)

www.clickpertutti.com
www.edizioniwe.com
www.facebook.com/edizioniwe
www.instagram.com/edizioniwe
info@edizioniwe.com

PREFAZIONE
di Matteo Belgiovane

È un enorme piacere, per me, realizzare la prefazione di quest'opera scritta dal grande e pluripremiato autore brasiliano Luiz Eudes e ne ho tratto alcune considerazioni che voglio condividere con i lettori.

Certi giorni ci alziamo così, scombussolati dalla vita e fatichiamo a specchiarci e a soffermarci sul nostro sguardo, comprendiamo a stento quanto la nostra esistenza nel suo piccolo, in realtà sia solo un insieme di tante altre che sono intrecciate tra di loro: questo accade con i sorrisi che riceviamo, i baci, gli abbracci e ogni piccolo gesto che facciamo per "illuminare il cammino" altri.

Siamo come sampietrini appiccicati, uniti e compatti, assieme formiamo una strada che regge il traffico dell'ora punta.
La famiglia in tutto questo risplende come la luna nella notte illuminando il nostro percorso; per quanto esso possa essere impervio e pericoloso, con il coraggio o la forza, passo dopo passo, ci porterà ad un successo complessivo nella nostra esistenza

Penso che se dovessimo guardare il nostro percorso da un punto di vista esterno, saremmo i primi a puntare sul nostro fallimento, in quanto siamo esseri per natura pessimisti, ma nella giostra della vita ci poniamo come abili coraggiosi giocatori.

Siamo tante luci che nel loro insieme si mostrano grandi.

PREFAZIONE
di Simona Adivíncula e Nicola Bergamaschi

Dopo il successo dell'opera *CANGALHA DEL VENTO*, Simona Adivíncula e Nicola Bergamaschi di Edizioni We sono lieti ed onorati da presentarvi una nuova e spettacolare opera del carismatico autore brasiliano Luiz Eudes dal titolo "*IL ROSARIO CONSUMATO*"; un romanzo che valorizza il luogo in cui nasce il protagonista e da cui si dipartono numerosi accadimenti.

Nel libro è fondamentale la tematica del sogno/incubo che genera nel protagonista uno stato mentale che ne condiziona fortemente ogni sua azione.

Complimenti allo scrittore Luiz Eudes che ancora una volta, attraverso un libro metaforico, ci spinge a fare un viaggio interiore, a superare la nostra immaginazione ed, infine, a migliorare .

Leggete questo libro e sentirete qualcosa di strano e di bello accadere in voi, il finale, poi, sarà sorprendente.

IL ROSARIO CONSUMATO

◆

Addormentarsi.
E alla fine, entra nella regione senza tempo per i sogni. Attraverso
la cruna dell'ago

Antonio Torres.

Il signore medita molto e sei molto preciso.
Quindi guardati negli occhi
e chiedi allo specchio chi sei...
Se trovi la risposta, trova la strada.

Aleilton Fonseca
Il pendolo di Euclide

Per Géssica, Malu, Carol e Sarah.

Capitolo 1

Abelardo si svegliò di soprassalto, ricordò ciò che aveva sognato e pensò alla morte, alla sua morte. Come un fulmine, sentì un brivido scorrergli tra i peli del corpo. Era il sogno, una premonizione della sua sepoltura?

L'odore del caffè permeava la casa. Si alzò dal letto e andò dritto in cucina, dove trovò Santinha con lo scolapasta in mano. Dalla radio in soggiorno, una canzone risuonava a tutto volume. La canzone riportava alla mente i ricordi di quando l'aveva incontrata. Anni trascorsi insieme, solevano sedersi sulle rocce a contemplare gli alberi. Ammiravano la pioggia bagnata dal vento e le piante nel cortile.

Santinha era di poche parole, quasi nessuna col passare dei giorni. Ma facevano così tante cose insieme che le parole erano solo un contorno.

Il giorno passò e venne la notte portando la brezza. Abelardo sedeva sulla poltrona del soggiorno, ammirando la piazza davanti alla finestra. *"Il mandorlo è un albero molto bello"*, pensò. Era arrivato come un seme e ora era già cresciuto oltre il metro. Quanti semi hai visto diventare alberi? Guardò ancora una volta il mandorlo davanti alla casa, poi nient'altro. I suoi occhi erano pesanti e lentamente, come un bambino, si addormentò proprio lì, seduto sulla poltrona. Santinha si avvicinò e gli mise addosso la coperta, lui non si mosse nemmeno.

Rimase lì, catturando il vento, la luna e il silenzio. Sognò una moltitudine di animali.

Nel sogno era un ragazzo forte. Correva, correva; improvvisamente iniziò a camminare lentamente. Davanti al mais e ai fagioli c'era un ruscello con acque mattutine e argini rugiadosi. Suo padre era in piedi sulla riva con la zappa in mano.

– Dio ti protegga, figlio mio.

Il torrente si era trasformato in un grande fiume. C'era molta gente sulla riva.

– Dio lo salvi – dissero tutti.

Santinha stava realizzando uno strano albero fatto di piccoli resti di cose abbandonate. L'albero era molto bello, sembrava una *jacaranda* blu, con un ampio tronco e fiori celesti. I fiori si attaccavano al tronco come *jabuticaba*.

– È la tua barca! – disse Santinha.

L'albero uscì dalla terra come un uccello e le radici entrarono nell'acqua, rimase solo la chioma, come un bel nido azzurro, proveniente da un altro mondo, che chiamava il bambino Abelardo per fare il viaggio.

Sulla riva c'erano i fratelli Ivan, Zequinha e Antônio, oltre a un prete e gente comune, gente che non conosceva nemmeno.

– Dio ti protegga, Abelardo. – ripeterono tutti.

Improvvisamente, salì saltando sulla zattera blu e navigò senza intoppi, guardandosi attorno. Il sole divenne più luminoso e c'erano molti animali sulla riva, senza che lui sapesse come fossero apparsi.

La gente accanto a Santinha raccoglieva del legno leggero e lo intrecciava.

– Gli animali vogliono essere salvati. Prendili, Abelardo! – gridò suo padre.

– Io? Ma dove? Non so dove sto andando.

– Pianta più avanti ciò che qui hai raccolto, ciò che hai imparato da me. Impara da te stesso.

Detto questo, suo padre e un altro uomo lanciarono in acqua diverse canoe intrecciate da loro. Gli animali si tuffarono dalle sponde e l'acqua divenne rumorosa.

– Addio, padre mio. Arrivederci a tutti. Ritornerò, aspettate che ritorni.

– Lascia gli animali e le piante ovunque tu vada. È la tua missione. È il tuo battesimo.

– Addio, padre mio – disse Abelardo, partendo con le canoe su quel fiume così largo e impetuoso che le sponde già non si vedevano più.

Capitolo 2

Abelardo si svegliò con la luce della luna negli occhi. Sembrava l'airone sul bordo dello stagno lì sotto. – *Ah, che bellezza se potessi portare quel gruppo di tutti gli animali per il fiume verso altre terre!* –

Balzò in piedi, gli occhi che bruciavano come se infiammati da braci. Raccontò il sogno a sua moglie.

– Il sogno non mente. Questo è stato fatto e si realizzerà. La vita si impara dalle persone che l'hanno vissuta – concluse Santinha.

– Santa, ho una dannata voglia di piangere.

– Sì, le persone, Belo... le persone hanno bisogno di questo. Le persone non sono sempre forti.

– Non lo sono nemmeno io, Santa. Posso sopportare solo i giardini, le piantagioni, gli animali. Il resto è solo una debolezza. Piango e rido di tutto. E non lo nascondo. Una piccola debolezza, non importa.

– L'albero è così. L'animale è così.

– Ma era brutto da ridere e piangere.

– Il mondo cambia se vuole cambiare. Le persone no, Belo.

Non era quella la solita luna? No, non lo era. Assomigliava a molte altre lune piene. Ma Abelardo sapeva che non era la stessa. Il vento, il colore del cielo, le nuvole, l'odore, tutto cambiava le cose e anche la luna era diversa. L'aspetto non era lo stesso. Quello che stava provando ora, lo aveva sentito solo lì. Nei suoi sogni c'era sempre un fiume vicino, dove viaggiava ogni giorno con gli animali e le piante verso il mondo sconosciuto.

Prese Santinha per mano, la condusse alla finestra per guardare la notte adornare la terra.

Distante l'orizzonte che si intravedeva appena.

Capitolo 3

Chico do Mato, bruno, alto e forte, di poche parole, cupo e aspro, arrivò in Floresta in una notte buia di giugno, il mese di San Giovanni.

Arrivò contro quel luogo senza dare all'occhio, come fumo aperto dalla brezza. Ha evitato tutto e tutti, sono emerse voci sul suo passato. Hanno parlato di accoltellamenti, sparatorie nel buio. Nessuno a Floresta poteva dirlo. Accuse vaghe, senza testimoni o prove. Sgomberò la terra, scavò l'acqua, piantò fagioli e granoturco, piantò campi di manioca, barattò legna da ardere con il contadino vicino, ricevendo in cambio una vacca partorita. Vendeva latte e fagioli; il mais dava da mangiare ai polli comprati in fiera.

Non è noto se Chico do Mato sia diventato residente in quel luogo quando è fuggito perché aveva commesso un crimine. Certamente si sa che il contadino voleva progredire nelle sue attività e, per questo, si dedicava al lavoro, senza riposo, giorno e notte, sabato e domenica, rispettando solo i giorni festivi. Non indossava abiti nuovi, aveva solo un paio di stivali e visitò la città solo il giorno della festa della Patrona.

Chico do Mato dormiva con i polli e si svegliava con il canto del gallo, due ore prima dell'alba. Appena sveglio, non apriva la porta completamente, lasciando aperta solo una fessura da dove entrava la brezza mattutina.

La luce della lampada illuminava tutta la casa. Fuori tutto era silenzio, rotto solo dall'ululato dei cani.

Una calda mattina, Abelardo stava cavalcando verso la sua fattoria e mentre passava davanti alla casa del suo vicino, iniziò una conversazione:

– Giorno, vicino. Va tutto bene?

La cura che l'agricoltore dedicava alla pulizia del terreno davanti alla casa di fango e al tetto di paglia era impressionante. Dentro la casa vi erano solo un tronco d'albero che fungeva da panca su cui sedersi, un pestello marcio appoggiato al muro fumoso per il nero che usciva dalla stufa formata da tre pietre, dove venivano cotti i fagioli, in una latta resa lurida dal tempo passato, con alcuni pezzi di carne. Quell'odore inebriò Abelardo. Oh, come avrebbe voluto avere il coraggio di chiedere al paesano un po' del cibo che sembrava così appetitoso!

Le chiacchiere e le visite non piacevano a Chico. Si fidava solo di Zé Santeiro, l'orante.

Il contadino proseguì ancora, senza tornare indietro riprese i suoi compiti.

"I cani diffidano delle volpi" pensò Chico, guardò il cielo con poche nuvole, guardò il sole ed era ancora presto. Nelle vicinanze, gli arieti e le pecore stavano pascolando.

Capitolo 4

Abitante dei boschi, visto come uno stregone, capace di proteggere il corpo degli uomini dai morsi dei serpenti, bravo ad ascoltare il vento, conoscitore dei poteri delle erbe, Zé Santeiro, una fresca mattina di un martedì di gennaio, insegnò a Chico preghiere e come fare i bagni di foglie. Accesero delle candele, lasciando cadere in una volta sola, tutto il peso del suo tormento.

L'angoscia di Chico terminò e nacque l'amicizia tra i due.

L'uomo di preghiera lo stava osservando attraverso i paletti della staccionata, accanto al cancello, dietro l'anacardio. Lo stava spiando, aspettando che il visitatore se ne andasse.

– Giorno, amico.

– Tutto ciò che si diceva su di lui era verità? – rifletté il guaritore. Uscì a piedi nudi. Si sistemò il viso, i capelli ancora arruffati. Dal cuore buono, Chico do Mato, di poche parole, chiese una preghiera.

La brezza soffiava forte. Il vecchio toccò lievemente la schiena dell'assediante, con voce roca disse:

– Nessuna benedizione dovrebbe essere fatta per divertimento o con l'obiettivo di danneggiare un'altra persona. Alcuni pensano che una benedizione richieda esperienza, ma la verità è che chiunque può farla, purché abbia molta fede, così che il rituale possa essere eseguito con fiducia e amore nel cuore.

Con parole precise, prive del desiderio di insegnare, il devoto era capace di trasmettere insegnamenti a chiunque si proponesse di ascoltare la sua confabulazione mite e piacevole.

Sembrava che a quell'uomo fosse stato concesso il privilegio della saggezza di diverse generazioni, e per questo motivo le sue opinioni erano rispettate da contadini e mezzadri, mercanti e bohémien.

I giovani studenti ricorsero alla sua guida.

Il suo consiglio è stato seguito.

Il veggente conosceva le preghiere che assicuravano i raccolti, proteggevano le proprietà dagli attacchi delle locuste.

Dominava cani coraggiosi e tori arrabbiati. I suoi occhi scrutavano il lato nascosto delle cose. Sapeva leggere il passato, il presente e il futuro delle persone attraverso il volo degli uccelli. Si nutriva di radici e foglie, l'acqua del ruscello lo dissetava.

Nel suo ranch, i serpenti conseguivano rifugio.

Temuto e ammirato, si diceva che fosse il proprietario delle forze dell'aldilà, capace di parare proiettili e irrigidire una mano che tenesse un coltello. I suoi enigmi attraversavano territori, raggiungendo città lontane, quasi dove finiva il Brasile.

Chico do Mato sorrise tra i denti bianchi come il chiaro di luna, sistemò le braci sparse sulla terra, attizzò il fuoco, infilò un pezzo di selvaggina in uno spiedo.

Le braci bruciavano nella stufa sopra le pietre e la fiamma crebbe, bruciando i candelieri.

Nel cortile, il cane sdraiato. Dentro casa, un forte odore di terra ed erbacce.

Piovigginava nel campo, una pioggerella attraversata dalla luce del sole. I polli chiocciavano nel cortile.

– Questa pioggia è venuta per portare più gioia al nostro incontro.

– Dicono che nelle grandi città non puoi vedere completamente il sole, la luna e le stelle…

Chico do Mato, tazza di caffè in mano, incrociò la prosa della preghiera:

– Vivo qui da solo, avendo solo la compagnia di animali da allevamento. Ho solo gli uccelli con cui parlare e il mio divertimento sono queste piante.

Il guaritore guardò la pioggia leggera, un filo di calore alla luce del sole, pensò di chiamare Abelardo per un paio di chiacchiere.

Sarei tornato, ne ero sicuro.

– La natura ha misteri che gli uomini non possono individuare. A volte questo tuo amico credulone ha il diritto di sapere certe cose. – Dice la preghiera, sorridendo tra i denti bianchi, curata con foglie di juazeiro.

– Sa, signor Zé, da quando sono arrivato, in quella buia notte di giugno, ho deciso di vivere qui per sempre. So che la gente dice molte sciocchezze su di me. Non mi interessa cosa dicono queste persone.

La preghiera non lo negava, impegnato con un pezzo di zucchero di canna.

La carne sfrigolava allo spiedo. Chico lo pregò di aspettare, entrò in casa e portò un piatto con la farina e la carne che cuoceva sul forno di pietra. Andò al recinto improvvisato e fece una crema con il latte preso dalla mucca.

Un sapore migliore proveniva solo dal jackfruit addormentato accanto alla porta.

In lontananza si sentivano voci dalla strada.

Aromi di carne e *jackfruit*, crema e caffè si mescolavano nell'aria.

Hanno raccolto anacardi e guaiave.

Il canto degli uccellini e la presenza dell'amico facevano sorridere Chico come un bambino.

Capitolo 5

Il pomeriggio stava calando calmo e lento, i vitelli muggivano nel recinto. Abelardo ricevette in dote la terra accanto a Chico do Mato quando sposò Santinha. All'inizio lavorava sodo, da mattina a sera.

C'era pericolo ovunque: all'improvviso potevano apparire serpenti striscianti, cani coraggiosi, rami degli alberi e persino un bandito.

Pulì gli attrezzi all'ombra della pitombeira, allungò una mano e raccolse il cesto appeso al portico del ranch. Un altro giorno di lavoro. Cavalcò in salita, lasciando indietro la polvere. Negli occhi, la tensione della stanchezza. Ritornò a casa nel caldo primaverile. Era un uomo buono e puro. Vorrei fare amicizia con il vicino, prendere una bottiglia di cachaça, scambiare qualche parola di prosa, assaggiare quel cibo profumato.

Sapeva che le cose semplici sono le più belle.

L'ombra del tempo rigido e doloroso, portato da anni di lunga siccità, che scoloriva il verde e seccava le acque, quando il luogo sembrava un ramo dell'inferno, era scomparso.

In quel periodo, quando cominciarono a fiorire le ipês gialle, che regnavano sul ciglio della strada, e il canto degli acauãs annunciava siccità nel Sertão, Abelardo era a Taquaraci, in cerca di pascoli per sfamare il suo gregge, e incrociò i migranti.

Prelievi per leghe di polvere e strade polverose.

Percorsi infiniti, senza acqua e senza cibo, senza ombre e senza ruscelli. È la saga e la lotta. È l'odissea del contadino.

È il viaggio della disperazione sulla lunga strada della speranza o dell'agonia.

Percorsi di andata e di ritorno. Strada della vita e della morte. Rustica e secca, selvaggia e violenta, la caatinga si stava diffondendo. Lungo i sentieri dell'arido e selvaggio Sertão crescevano alberi e arbusti.

Serpenti e lucertole strisciavano sulle sabbie calde sotto il sole cocente dei pomeriggi d'estate, tra scarabocchi di *macambira*, sterzando tra le rocce dure alla ricerca di un po' d'ombra che potesse alleviare tanta sofferenza.

C'erano molte spine, c'era sete e siccità, flagelli e malattie, fame, veleno. Mancava tutto, anche un albero ombroso e fecondo che potesse soddisfare fame e fatica. Solo i *juazeiros* e i *pitombeiras*, gli *umbuzeiros* e i *juremeiras (frutti tropicali)* si muovevano con il poco vento che soffiava ancora, ondeggiando dolcemente i loro tristi rami di miserabili foglie senza ombre e senza un solo fiore o frutto. Resti di vita appesi.

Inoltre, sono rimasti solo i *mandacarus* e i cactus, le *xique-xiques* e le corone del sacerdote.

Niente di più. Né cavia né volpe, né camaleonte né tegu. Prima c'erano pecore e caprette che aiutavano ad alleviare la fame con latte e carne. C'erano gli asini che si occupavano del trasporto.

Ora non c'è nient'altro. Il Sertão non è altro che dolore e sofferenza. Non è nient'altro.

Attraverso il Sertão, senza ombre e senza ruscelli, uomini e donne, bambini e anziani hanno viaggiato, diretti a San Paolo, il mare delle illusioni.

Alcuni se ne andarono perché la siccità puniva i loro swidri, ponendo fine a tutte le loro speranze di un raccolto, che anche se piccolo sarebbe stato di grande valore.

Altri perché i proprietari terrieri hanno tolto loro la terra, il loro il diritto di piantare e raccogliere.

Senza lavoro e senza soldi, senza futuro e senza speranza, sono andati alla ricerca dei grandi centri cercando quasi sempre di raggiungere San Paolo, compiendo il viaggio della disperazione lungo le strade dell'agonia.

C'erano molti dolori e sofferenze, bisogni e privazioni.

Furono umiliati e massacrati.

Le famiglie numerose furono ridotte, molti si ammalarono e morirono lungo la strada.

Continuavano questo viaggio iniziato molto tempo fa e che nessuno sa quando finirà.

E lungo la stessa strada altri tornarono disillusi. L'angoscia di tornare sotto la disillusione della vita, di San Paolo, del mondo! Ed era difficile immaginare chi soffrisse di più: chi andava alla ricerca dell'oro falso o chi tornava disilluso, con la certezza che lì non c'era oro.

Mani callose, visi macchiati dal sole e piedi nudi. Gente che ha sofferto e faticato, che ha vinto il sole cocente, che si è strappato le spine. Immagine dura di abbandono, angoscia e agonia, in questo viaggio di disperazione.

Un tempo lontano popolava i pensieri del contadino. Tempi passati e vissuti.

All'inizio della loro vita insieme, suo suocero voleva che gli sposi novelli restassero a vivere con lui, come la maggior parte delle giovani coppie.

Non accettarono la proposta. Quindi chiese a Santinha di raccogliere le cose che gli appartenevano, di metterle sul carro dei buoi, ricoprendole di pelle grezza, avendo cura di fissarle bene ai montanti.

Con gli animali in movimento, iniziavano il lungo viaggio lungo la strada sterrata e polverosa verso la Fazenda Bom Viver.

Sulla terra il cigolio delle ruote.

Il padre di Santinha li seguì per un po' nella speranza di dissuaderlo dall'idea, finché Abelardo smise di guidare e chiese a Santinha di decidere se continuare il viaggio con lui oppure se tornare a casa di suo padre.

Santinha salutò ancora una volta suo padre, abbracciò suo marito e se ne andarono insieme per una nuova vita.

Le nuvole cercavano di nascondere il sole, la stanza era gradevole e il vento portava l'odore della terra. Abelardo era uscito di casa pronto ad accogliere la moglie.

Fu accolto dalle cameriere, che avrebbero adottato le sue linee guida. A Santinha è piaciuto tutto e tutti, specialmente il trattamento ricevuto.

Andarono nelle stanze e in quella casa la sposa si ritrovò totalmente innamorata di suo marito.

Il tempo scorreva in giornate leggere e gioiose. La vita migliorava con ogni arrivo dell'aurora che pizzicava di rosso il cielo.

Santinha aveva chiesto una casa vicino alla chiesa, così sarebbe stata più vicina a Dio, dove la famiglia e gli amici sarebbero stati ricevuti, nelle fiere, nelle messe e nei giorni della Santa Missione. Potevano anche mandare i loro figli lì a studiare, poichè lei li avrebbe accolti. I fiori emanavano dolci profumi, gli uccellini cinguettavano.

Santinha, in trepidante attesa del marito, ebbe una notizia: mestruazioni in ritardo.

Poteva essere incinta e aveva la sensazione che questa volta sarebbe stato un maschio.

Il vento soffiava dolcemente, portando profumi di inizio primavera.

Col passare dei mesi, in fondo alla strada, apparve un ragazzo, dall'altra parte della ghiaia della strada, in groppa a un cavallo, le redini sciolte per confidenza. Subito dietro c'era una signora, con una sciarpa in testa, montava su un altro cavallo.

Era la leggendaria madre ostetrica Xandu. Attraversato il lungo sentiero e le scorciatoie, resi difficoltosi dai sassi nel tortuoso tratto della strada, il giovane alzò il cappello e si voltò verso la signora, annunciandole l'arrivo.

La luna era presente nel cielo, illuminando la notte di campagna, ancora tutta nel suo velo nero.

Di tanto in tanto l'urlo di un gufo trafiggeva l'oscurità. Si sentiva un gallo cantare. C'era un'aria di mistero che riempiva quella notte.

Il canto del gallo si ripeteva.

Il sole non aveva ancora gettato i primi raggi e l'alba era fredda all'inizio dell'inverno.

Si avvicinarono all'abitazione accanto alla Chiesa, Abelardo, impaziente, li aspettava.

Madre Xandu entrò in casa, vide Santinha seduta su una panca di legno, gemendo, con una donna più anziana accanto a lei e una donna più giovane di lato.

Santinha fu portata in camera da letto e adagiata sul letto matrimoniale.

L'ostetrica si spalmò sulle mani l'olio e le strofinò sul ventre della ragazza.

Posizione giusta per nascere, posizionò le mani a coppa per ricevere il bambino.

La partoriente agitata stava pronunciando frasi senza senso quando, con un profondo sospiro, l'ostetrica sentì il bambino tra le mani.

Un bimbo! Lo posò sui teli e tagliò il cordone ombelicale.

Chiese alla ragazzina di prendere il piccolo, bagnandolo in acqua tiepida e poi coprendolo, ma senza dimenticare di applicare dell'olio in modo che la pelle del neonato non si attaccasse al tessuto.

Maria e Magnolia, le figlie della coppia, ancora bambine, ignare di quanto stava accadendo, furono spaventate da quella signora che impartiva ordini alle altre due: lavare la stanza e gli indumenti, prendersi cura di Santinha, non permettere al neonato di vedere la luce del sole, dare l'ombelico al padre, e questo e quest'altro.

Venne l'alba e il cielo si fece più azzurro con lo scoppio dei razzi che annunciavano l'arrivo del bambino a tutto il quartiere.

– Dato che siamo nel mese di giugno, si chiamerà João.

E Abelardo non aggiunse altro.

Capitolo 6

La brezza raccoglieva la sabbia dal pavimento della piazza, le foglie cadute, il buon odore che veniva dalle piante e il cinguettio degli uccelli in un fragore.

Dalla stanza ariosa, Abelardo vedeva la piazza e il ficus che aveva piantato all'inizio della costruzione della casa.

Vedeva anche la Chiesa costruita da suo padre, Joaquim Toledo, responsabile della costruzione della prima abitazione, vicino a Fonte dos Carneiros.

Anni dopo, il cavallo nitriva in un pomeriggio soleggiato, rimpiangendo la morte del pioniere settantenne. Gli uomini indossavano abiti e tenevano il cappello davanti al petto, perché un uomo rispettabile non entra in Chiesa e nemmeno si dirige da un altro con il cappello in testa.

Le donne si coprivano il capo con veli neri; un ubriacone chiese a Dio il regno dei cieli per il defunto, i cani abbaiarono.

E quando il corpo fu sepolto nella sacrestia della Chiesa da lui costruita, il suo cavallo nitrì di nostalgia.

I carri trainati da buoi tagliavano il silenzio della piazza, gli uomini calpestavano le proprie ombre, il silenzio e il sole presenti a Floresta.

Quel mercoledì mattina Abelardo si svegliò male, con presentimenti agghiaccianti. Pensò alla morte, alla sua morte, sentì il brivido attraversargli tutto il corpo. Volle sdraiarsi su un'amaca e aspettare che le ore passassero. Cattolico come suo padre, devoto della Patrona, andò in soggiorno, aprì una delle finestre per vedere la chiesa.

Fece entrare la luce del sole, si sedette sulla poltrona imbottita dai cuscini che Santinha aveva ricamato.

Si tolse il rosario, sempre appeso al collo, recitò il Credo, le sue dita percorsero le sfilze mentre nei suoi pensieri recitava il Padre Nostro e l'Ave Maria, terminò con Salve Regina e chiese al suo santo di devozione di liberarlo dal male.

Santo Dio, Santo forte, Santo immortale, liberami da ogni male, amen!

Chiese a Santinha acqua e caffè e le chiese anche di portare il suo taccuino. Mucche che hanno partorito, mandrie in vendita, pascoli da fare, recinzioni da riparare... Abelardo era profondamente pensieroso quando la piazza si trasformò in un campo di polvere.

Un Willys rurale parcheggiato fuori casa sua.

– Ciao, fratello, salutò Abelardo. – Che notizie sei venuto a portare da Cajarana, attraversando questa strada fatta di pietra, legno e polvere? Entra, vieni a bere un bicchiere d'acqua.

Ivan si rispolverò, si sistemò sulla poltrona e gli disse che era stato contattato dal direttore della banca che gli aveva parlato della piantagione di tabacco, che altri contadini stavano lasciando le loro attività per investire in quell'impresa, che era la piantagione del futuro e che, soprattutto, la banca era disposta a finanziare ciò. Diceva che la coltivazione di tabacco sarebbe la grande ricchezza e avrebbe costituito la più grande fonte di economia e di creazione di posti di lavoro. Lo spiegò nei minimi dettagli, aveva bisogno dell'interesse di Abelardo per questa nuova attività. E continuò: i proprietari di grandi magazzini, situati nelle città di Lagoa e Itapirá, avrebbero acquistato tutta la produzione e l'avrebbero preparata loro stessi per la commercializzazione da soli. E...

– Fratello mio, ecco il punto, so come allevare bestiame e piantare erba. Questo è quello che ho capito. Non ho intenzione di avventurarmi in un altro ramo, disse, impaziente per il contenuto di quella conversazione.

Le orecchie di Ivan non volevano sentire. Una folata di vento da est soffiò attraverso la finestra laterale e, come un coltello, squarciò il silenzio che ne è seguito. Durò solo il tempo che il fiume impiega a far oscillare l'acqua, abbastanza per piantare il seme della sfiducia nel padrone di casa.

Abelardo si mise in equilibrio sulla poltrona, rilevando i segni di disonore negli occhi e nelle parole di Ivan. Qualcosa di tutt'altro che sognante aleggiava sulla frase spezzata.

Ivan, infastidito dalla discontinuità della loro conversazione, riprese a parlare. Era interessato, era un buon affare e tutto il resto. Finalmente arrivò al punto:

– Fratello, il fatto è che ho bisogno della tua firma su questo contratto come garante e dell'atto della tua fattoria come garanzia dell'attività.

Una donna avvolta in uno scialle viola comparve alla finestra. Troppo magra, gli anni passati l'hanno attraversata.

I suoi occhi vagarono per la stanza e si soffermarono sul visitatore. Non disse nulla e se ne andò, seminando in Abelardo il sospetto per il futuro.

– Lascia il documento sul tavolo, chiederò l'atto a Santinha.

Programmò un altro incontro per la settimana successiva. Lo disse, avendo bisogno di tempo per pensare alla strategia.

I cowboy conducevano una mandria lungo la strada. I ragazzi corsero in casa e dalla finestra si godevano la sfilata del gregge sotto il comando dei cowboy.

Come in precedenza, pochi giorni dopo la piazza si trasformava di nuovo in un campo di polvere con l'arrivo di Ivan. Abelardo fu tassativo: – Fratello, ecco il punto: possiedo la fattoria Bom Viver che mi è stata donata da nostro padre, così come tu hai ricevuto anche la tua. E ho ricevuto in dote quell'altra zona di terra, Lajedão, quando ho sposato Santinha. Ho lavorato sodo, dall'alba al tramonto, per portare avanti l'attività e non deludere né nostro padre né mio suocero.

Ho costruito una piccola tenuta che è abbastanza per mantenere la mia famiglia e non ho intenzione di rischiare.

Disse questo e altro: che non sarebbe stato come loro padre per il quale servi e figli erano soliti lavorare nei campi. Voleva che i bambini – ed erano quattro, due femmine e due maschi, Maria, Magnolia, João e il neonato Antônio – studiassero a Lagoa, quella città illuminata. Aggiunse che era solo per questo motivo non poteva essere garante di nulla e che era il caso di cercare qualcun altro. Il fratello non disse niente né volle ascoltare altro, e uscì gridando maledizioni.

In seguito si disse che le maledizioni di Ivan erano così crudeli che gli uccelli si nascondevano nelle cavità marce degli alberi, le volpi e i conigli fuggivano, gli armadilli si nascondevano, le rane tacevano e i serpenti strisciavano fuggendo disperatamente.

Dopo aver accertato i fatti, Abelardo seppe da un altro fratello che Ivan stava nascondendo un prestito per il quale non intendeva pagare, ma che Abelardo avrebbe pagato tramite la Fazenda data in garanzia.

Ivan nutriva rimpianti sin dall'infanzia, perché Abelardo era il figlio prediletto per la loro madre e questa sarebbe stata una forma di vendetta.

Solo allora, con la luce del sole riflessa sul muro della Chiesa, gli uccelli che sbattono sotto le nuvole leggere che nascondono il sole, Abelardo si ricordò che quel mercoledì mattina aveva recitato il rosario e aveva chiesto alla Patrona di liberarlo dal male.

Capitolo 7

L'area che fungeva da campo da calcio fu donata da Abelardo, su richiesta di João, vicino al barreiro, appena oltre il ponte. Il trattore morse la terra per due giorni per allargare gli angoli.

Abelardo, i suoi fratelli Antônio e Zequinha, i giocatori e i volontari della squadra lavorarono sul terreno per costruire l'arena.

"È una bellezza!" pensò Abelardo.

Più avanti, su una parte più alta e pianeggiante, il sindaco fece costruire un mulino.

Il campo era pronto quasi contemporaneamente alla casa della farina.

Il sindaco inaugurò i due lavori...

– Elezione vicina – disse il padre di uno dei ragazzi. E proseguì: – vuole solo i voti. Non gli piacete. Guardate l'autostrada che il governatore ha ordinato di costruire a Serra Azul, è un'opera buona e forte. Non è questa cosa gocciolante che sembra paglia.

Dissero che l'uomo voleva essere il candidato dell'opposizione alle prossime elezioni.

Per strada lo trattavano come un politico. Ad Abelardo non piacque e prese la parola:

– Il sindaco costruirà anche una scuola nelle vicinanze. Proprio lassù, vicino al cimitero. Farà bene ai nostri figli e nipoti. Campo e scuola. Meglio così.

Era assurdo che dopo l'arrivo della linea di autobus molte persone volessero tornare a Floresta. I residenti di Lagoa, Serra Azul, Itapirá, parlavano anche di Minas Gerais e San Paolo.

Abelardo non ha mai voluto andarsene. Tutti erano di là, gente che se ne era andata e ora tornava con l'autobus, gente che aveva annusato quel pavimento e non poteva dimenticare. Adesso stava tornando al suo posto.

Arriverebbero anche due insegnanti per la scuola e un tecnico agrario per migliorare le pratiche di fare la farina e utilizzare meglio l'amido.

Arrivò anche un'infermiera per il posto di salute.

Il dottore veniva una volta alla settimana, il giorno della fiera.

La scuola esistente era sulla strada dietro la piazza, in una pianura allagata, non si poteva nemmeno raggiungere durante la stagione delle piogge, la strada era fatta di pozzanghere e fango.

L'insegnante non sembrava più aver paura di cadere all'improvviso. La nuova scuola sarebbe stata in alto, in un luogo asciutto e fermo.

Abelardo sentì dire che gli insegnanti sarebbero arrivati anche di notte per insegnare agli adulti. L'avevano detto già molto tempo prima, ma nella vecchia scuola non era possibile fare lezione per bene neanche durante il giorno.

Questa volta Abelardo pensava che ne sarebbe valsa la pena e avrebbe invitato a studiare Antônio e Zequinha, i suoi fratelli.

Fu in quel periodo che Abelardo conobbe Bertoldo, a volte andando e a volte tornando dalla tenda del suo calzolaio. Con il gomito sul tavolo, Bertoldo leggeva opuscoli, poi prendeva in prestito libri. Metteva il libro sul supporto mentre picchiettava le scarpe, quindi imparava molte cose che altri calzolai non sapevano. Qualche tempo dopo Bertoldo installò una bottega e una selleria. Vendeva di tutto: vestiti, scarpe e tutte le frattaglie di merceria. Abitava in un appezzamento di terra buono per la semina e aveva del bestiame, lontano dal centro, un luogo con alte colline.

Per Bertoldo, pensò Abelardo, sarebbe valsa la pena leggere i libri. Non lo faceva per niente, scervellarsi sulle pagine per imparare o quando è riuscito a leggere senza dover parlare ad alta voce.

Non solo perché questo lo aiutava a lasciare il lavoro di calzolaio e ad avviare un'importante attività in città, ma perché sapeva come comportarsi nella contabilità del negozio.

Una vita dedicata alla famiglia e al lavoro, Abelardo si è affermato con l'allevamento di bovini.

Con il passare degli anni, arrivò un po' di vanità e ad Abelardo piacevano le buone scarpe, le belle selle per imbrigliare i cavalli e gli stivali di pelle alti fino al ginocchio. Il calzolaio Bertoldo era quello che cuciva tutto. Abelardo non capiva perché Bertoldo avesse scelto di aggiustare le scarpe, lui che camminava sempre scalzo. Bertoldo giunto in città, acquistò un posto vicinissimo alla piazza della Chiesa, tra due palazzi profumati dalle rose più svariate.

Tagliando la pelle con la delicatezza di una sarta, Bertoldo realizzava scarpe che avrebbero potuto girare il mondo sette volte. "È stato davvero bello parlare con Bertoldo di quello che ci hanno detto i libri", pensò Abelardo. Alcuni uomini studiosi vennero dopo, molto tempo dopo, e dissotterrarono tutto ciò che era stato sepolto dal tempo. Abelardo, quando lo seppe, sentì un brivido lungo la schiena e pensò alla morte.

Gli faceva venire voglia di sapere cosa avevano lasciato nei libri gli antichi, cosa stava imparando Bertoldo stesso. Era anche curioso di alcune pietre che esistevano in una grotta nella sua fattoria. C'erano molte parole scritte sulle pietre. Ci portò Bertoldo.

– Scusa, Abelardo, non lo so. Questo non lo so leggere.

– Ma come fai a non riuscire a leggere, amico? Non arrabbiarti.

– Non per niente, signor Abelardo. Non lo so. Questa è una cosa che non so.

Capitolo 8

Seduto sulla poltrona di pelle, gambe e piedi incrociati, muovendoli nella monotonia, i sandali in attesa. Cercava solo di estraniarsi da tutto e da tutti.
Voleva rifugiarsi nella sua solitudine. Ah, com'è a volte piacevole il silenzio! Abelardo sognava abitualmente la morte. Non gli piaceva.
I sogni non chiedono il permesso, né lottano per emergere, rimanendo come ti si addicono.

Capitolo 9

Teotônio, un contadino, senza lusso né vizi, nel pomeriggio di Santa Missione, si imbatté nell'amichevole Salu Batera che, euforico, gli comunicò la notizia:
– Teotonio, mio caro, hai già sentito la buona notizia? Adesso abbiamo l'elettricità e io sono l'operatore della macchina, presto candelabri e lanterne, qui in città, serviranno a poco.
Il contadino era sconcertato.
– Cos'è questa storia, Salu? Ti scongiuro.
– Bene, amico mio, il sindaco ha comprato un generatore diesel e ora abbiamo la corrente in città, le luci accese fino alle dieci di sera e sto già pensando di comprare un televisore.
Il contadino fu sorpreso dalla notizia, poiché aveva solo una vecchia radio a batterie e un mucchio di candelabri per illuminare alla notte la fattoria.
Il motore veniva avviato subito dopo il suono della campana della chiesa, alle sei del pomeriggio e spento alle dieci di sera, e, per quel motivo, quindici minuti prima Salu Batera mandava un segnale di avvertimento, per permettere a chi era in strada di poter tornare a casa con la luce.
Oltre al sindaco, alcuni uomini facoltosi installarono l'elettricità nelle loro case. Abelardo era uno di quelli. Rita, la nipote di Santinha, è venuta alla festa e non voleva tornare a casa dei suoi genitori, in campagna, dove bisognava andare a dormire presto appena il sole tramontava. A casa della zia non avrebbe avuto questo problema, dato che la luce sarebbe rimasta accesa fino alle dieci di sera.

Capitolo 10

L'elenco delle amicizie di Abelardo oltrepassava i confini di Floresta, coprendo l'intera regione, da Lavanda a Torrão, da Cajarana a Vila Nova, passando per Serra Azul e Lagoa, fino a giungere il palazzo del governatore.

La Fazenda Bom Viver era vasta e ben curata, ospitava di tanto in tanto la famiglia e dipendeva dai lavoratori per il suo mantenimento. Con quattro figli adolescenti, Santinha aveva bisogno di aiuto per allevarli. Abelardo cercò tramite i suoi amici qualche indicazione. Impose una condizione: doveva essere una ragazza ben educata per avere a che fare con le sue figlie.

Il sole faceva da residenza calda sopra il terreno, una domenica mattina di primavera, quando i fiori abbellivano il sentiero, apparve un ragazzo giovane e magro, su un cavallo di razza pampa, per consegnare una lettera di raccomandazione.

La lettera diceva che la mattina dopo una giovane donna di nome Julia sarebbe arrivata in quella casa.

Tutta la famiglia si affezionò alla cabocla dalla risata facile, nipote di un indiano, e di assoluta dedizione ai padroni di casa.

Con il tempo Julia, dalla carnagione abbronzata, capelli lisci fino alla vita e bellissima, si era trasformata in una bella donna, allegra, ambita e ammirata per tutto.

Nel calmo tardo pomeriggio, quando tutto sembrava uguale, un visitatore giunse a casa di Abelardo.

Di nome Valentin, come annunciato, affermava di aver comprato una fattoria vicino al padrone di casa, era venuto a presentarsi, desiderava conoscere il vicino.

Abelardo chiamò Julia e le chiese di servire il caffè, l'acqua e la torta al visitatore.

Servito dalla cabocla, il vicino rimase stordito, perse il ritmo della prosa, rovesciò il caffè sulla sedia ricoperta di lana bianca di pecora.

Lui fece per andarsene, agitato, annunciando il suo ritorno a breve.

Attraverso la finestra aperta, si potevano vedere uccelli che cercavano riparo prima che l'oscurità chiudesse i sentieri. Le nuvole por-
tarono via il sole, le stelle apparvero nel cielo, la luna sorse.

Il trillo della torre squarciò il silenzio dei presentimenti. Mantenendo una promessa, il nuovo proprietario delle terre forestali tornò e senza molto sfarzo chiese la mano di Julia in matrimonio,
provocando tumulto e stranezza. L'anfitrione spiegò che Julia non
era sua figlia, nonostante la trattasse come se lo fosse.

Egli gli raccontò la storia di come fosse successo. L'uomo non
esitò, annunciò presto il matrimonio. Disse che il fazendeiro
avrebbe fissato la data. Il giovane aveva una casa arredata e le
condizioni per onorarla come moglie.

In questo modo, Abelardo fu contento, promise anche una parte di
terreno e alcune bestie in dote.

Si preoccupò di recarsi in anagrafe e in sagrestia parrocchiale per
occuparsi delle pubblicazioni. Chiese a Santinha di procurare un
abito da sposa e di vedere presto i preparativi per la festa. Avrebbe organizzato tutto nel migliore dei modi, non avrebbe lasciato
che il matrimonio della cabocla trascorresse tra nuvole bianche.

Alla vigilia del grande giorno, la gente lavorava sodo in cucina,
preparando i piatti, pulendo la casa e il cortile: sarebbe stata una
festa popolare ovunque.

Furono invitati tutti i fazendeiros della regione: da Lavanda a Cajarana, da Vila Nova a Serra Azul, gente di Riacho da Pedra, Torrão, Bananal; essi dicevano a bassa voce che il governatore avrebbe inviato un rappresentante.

Una continua corsa, tutto avrebbe dovuto dipendere dagli sposi e
dagli ospiti, come voleva il proprietario della casa.

Ad un certo punto, non si sa come e dove, è arrivato un ragazzo
con un messaggio di Valentim.

Nella lettera, lo sposo ritirò tutto.

"Non posso sposare una cameriera."

Cosa fare? Come annunciare agli ospiti che non ci sarebbe più stata la festa? E la sposa, che agita i capelli infastidita e disgustata tanto da pensare di rinunciare alla propria vita?

Il tempo scorre, pendoli sempre in funzione. Passarono alcuni mesi, pesanti gocce di pioggia cadevano sulla terra, l'odore della terra bagnata si levava nell'aria, i passeri giocavano sotto la pioggia vaganti nella vastità.

Al termine della piovosa giornata invernale, ad Abelardo fu data la notizia che Valentim voleva parlargli. Ordinò di comunicargli che non voleva aver niente a che fare con le persone senza parola, bugiarde e false.

Julia intervenne dicendo di lasciar parlare il giovane.

Egli parlò, confessò il pentimento, chiese perdono. La cabocla accettò. Riprogrammarono la data del matrimonio all'unica condizione di Julia: che le spese della festa fossero pagate dallo sposo. Accettate le condizioni, venne fissata una data.

La vigilia del matrimonio era arrivata e Julia chiese aiuto a João per scrivere una lettera al suo fidanzato. La consegnò ad Abelardo, chiedendo che il colonnello la spedisse, ma solo il giorno successivo, all'ora prevista per l'arrivo della sposa alla cerimonia.

Così fece il messaggero, arrivato alla fazenda dello sposo alle dieci del nuovo giorno, trovando la casa in subbuglio. Gente altrove.

La lettera della sposa lo informava che quella messa in scena aveva lo scopo solo di soddisfare la vendetta che stava corrodendo i pensieri più intimi della sposa.

"Non posso sposare un codardo." Ed era tutto finito.

Il messaggero quindi se ne andò. Se non fosse stato così veloce, avrebbe sentito lo sparo, il sangue di Valentim che scorreva.

Capitolo 11

La scuola può diventare un cuore di sensazioni in relazione all'arte.

Il gioco, i mezzi pedagogici, il contatto con se stessi e con l'altro si rafforzano tra le tracce del cammino che inizia: il cammino della vita.

E João, il figlio di Abelardo, è stato mosso dalla gratitudine per i suoi nuovi insegnanti, in particolare per l'eloquente Pereira da Costa, rendendosi conto dell'importanza della giocosità in classe e della cura emotiva degli insegnanti.

Ragazzo di strada, libero per la città, a caccia di uccelli, a nuotare nel Córrego da Ponte, a correre lungo le strade.

Da adolescente superò l'esame di ammissione alla Palestra di Lagoa.

Quella città lo attrasse, con le sue luci e le insegne luminose sulle vetrine dei negozi. João ricorda la prima volta che li vide, rimase abbagliato.

Era ancora l'alba ed era di passaggio, con padri, madri e tanta gente.

Vennero dalla foresta per pagare una promessa sul monte sacro.

L'8 luglio, festa della Patrona della Floresta, João torna nella terra dov'è nato.

Dopotutto, così come gli aironi non possono vivere lontano dal bestiame sul burrone dello stagno, anche lui non può trascorrere molto tempo lontano da Floresta e ritorna ogni volta che la nostalgia gli attanaglia il petto.

João e Bené diventarono amici, erano inseparabili, camminavano insieme per le strade della città, anche gli animali sapevano di quell'affetto.

Dona Januária, la proprietaria della Pensão Cosme e Damião, si avvicinarono a loro.

"La nostra amicizia la separerà solo la morte", dicevano. Accompagnato dal suo amico Bené, João arrivò a bordo della vecchia e polverosa marinette.

Bené e João erano più che amici, erano fratelli.

"Ci siamo adottati", e ripetevano la risata.

Abelardo, che inizialmente non approvava l'idea della partenza di João, poiché avrebbe voluto che lo aiutasse nelle faccende rurali, fu estremamente felice di avere uno degli eredi allievo a Lagoa.

Era il padre di un buon studente della scuola di Lagoa, un bellissimo edificio costruito su un terreno recintato e boscoso.

La città degli incantesimi e delle luci è stata anche l'oggetto dei sogni delle ragazze e dei ragazzi di Floresta.

Ed era tutto così vicino eppure così lontano.

L'oscurità della notte era svanita, il giorno albeggiava e il cielo si aprì a luci così luminose che penetrarono negli occhi di Abelardo mentre si recava alla fattoria. Doveva controllare i lavori: i cavalli pascolavano sereni nel pascolo che cresceva.

In quel momento, niente lo interessava di più delle piantagioni e degli allevamenti di bovini e ovini.

Era necessario prendersi cura del patrimonio prima dell'arrivo della morte.

Lungo la strada, sulla via del ritorno, arrivarono tre uomini.

Cavalcando polvere marrone che si sollevava.

Uno di loro portava un fucile sulla schiena. Sotto il cielo, la brezza proveniva da nord.

Domenica ci sarebbe stato uno sforzo congiunto sul campo di un suo operaio.

Quella forma di costruzione di case di fango o canniccio era comune; preparare il terreno per la semina con l'aratro, sgombrando il terreno con il manico della zappa.

Anche nella farina, nei fagioli nelle notti di luna piena annaffiati da copiosi sorsi di cachaça, e anche nelle bucce di mais, ascoltando canzoni che facevano addormentare João, da ragazzo, tra le braccia del padre.

Dalle pentole di terracotta sulla stufa a legna, nelle stufe e nei fuochi improvvisati provenivano gli odori dei polli e dei fagioli del cortile con carne di sertão.

Capitolo 12

Un po' di luce lunare filtrava attraverso il vetro della finestra. Strano, come un presagio. Era mercoledì e il gufo aveva squarciato il silenzio della notte oscura, spaventando i cani.

Nel cielo grigio, nuvole frammentate.

Abelardo si alzò, nell'ombra della poca luce fece pochi passi fino a raggiungere il soggiorno, con gli occhi che scrutavano la piazza, il corpo che si addolciva, il cuore che si stringeva.

Sentì un forte dolore al petto, il corpo pesante, il viso bagnato da un sudore freddo.

L'oscurità insisteva per trascinarlo. Si mise le mani sul petto, alleviando gli ultimi dolori.

Tentò chiamare Santinha, non aveva più le forze. Poi si voltò a guardare la piazza, l'alba stava arrivando insieme alla sua carrozza.

La terra appariva vuota davanti ai suoi occhi pesanti.

I ricordi erano presenti nei pensieri.

La morte gli sussurrò all'orecchio.

Sentendosi sconfitto, rilassò il suo corpo e lasciò che accadesse.

"Un giorno sarebbe successo davvero", aveva ancora tempo per pensare. Non temeva né la morte né l'oscurità.

Sentì delle mani toccare il suo corpo leggermente, non erano di questo mondo. Come vecchie fotografie, vedeva tutti i ricordi cadere attraverso i suoi occhi, tanto erano ostinati i suoi ricordi passati.

Non gli importava più sapere che prima che la mattina fosse finita anche la sua vita sarebbe finita.

Si sentiva come se stesse riposando il suo corpo, seduto sulla sua poltrona, sorseggiando un caffè, mentre il sole dipingeva il cielo scarlatto.

Vivere senza forza è triste, morire non conta più.

I primi raggi del sole proiettano ombre sugli oggetti. Un asino nitriva angosciato, dalla chiesa si sentiva la voce del sacerdote che diceva: "Il Signore sia con voi".

Un cavallo attraversò al galoppo la strada mentre il suo corpo veniva sepolto in una fossa, poi ricoperto di terra.

Nel cielo cominciarono a formarsi nubi di pioggia. Cantò una civetta. Sopra la tomba fu innalzato un terrapieno a forma di tomba, sul quale il tempo si incaricò di stendere un tappeto fiorito.

SECONDA PARTE

Capitolo 1

A di amore.
A di appoggio.
A di Abelardo che gli chiede di "non stare al sole, ragazzo".
E lui non si spostava mai. Tutto era così verde sotto quel dolce sole di febbraio e il ragazzo correva a piedi nudi nei verdi pascoli. Quella voce che lo faceva addormentare nel tardo pomeriggio quando il sole dipingeva il cielo di scarlatto e rendeva la sua infanzia un luogo frenetico e felice.

S di *saudade* (nostalgia)
S di sempre.
S di sensazione di tazza vuota.
S di *sino* (rintocco di campane) che si sentiva in tutta la città.
João, distratto, non si accorse dell'avvicinarsi del gatto Veleno.

Sentì il peso sui suoi piedi, coccole piacevoli e morbide, in cerca di affetto e riparo.
Servì un biscotto al gatto e rimasero lì a guardarsi,
come in una poesia di Mario Quintana, letta da un'antologia poetica. Pensò a suo padre e alla propria morte. Il cielo triste, squarciato dalle nuvole grigie.

Capitolo 2

I bambini giocavano per le strade riempiendo la mattina di euforia.
Gli uomini chiacchieravano allegramente nel negozio di alimentari,
di proprietà di João. I muri brillavano alla luce del sole e i fringuel-
li zafferano (*Sicalis flaveola, uccello tipico sudamericano*) attraversavano il silenzio dell'aria, sbattendo le ali al di sopra dei bimbi che
giocavano per le strade. Il cielo era di un blu mai visto. Il *cowboy*
appena arrivato disse "entro fine settimana pioverà a Floresta".
Un uomo seduto sui sacchi di fagioli, riparandosi dalla cruviana
(*vento freddo, pioggerella lieve, dea del pantheon indigeno*), an-
nuì con la testa.
Improvvisamente la città fu coperta da nubi furiose. I fulmini illuminavano i cieli, soffiavano forti venti e tuoni echeggiando in
modo terrificante. Iansã (*dea guerriera del pantheon indigeno*)
lanciò la sua furia, lasciando la popolazione in ostaggio della paura di fulmini e inondazioni.
Attraverso la porta semiaperta, João poteva intravedere l'acqua
scivolare sul marciapiede, la bellezza fuori. L'odore forte invade-
va l'ambiente, provocando ricordi delle scene di una telenovela di
cui non ricordava più né del titolo e né dei personaggi. Al commerciante non importava di ciò. Sentire il profumo della terra bagnata e guardare la pioggia cadere sugli alberi lo faceva sentire
bene e come incantato.
"A Floresta i giorni di pioggia sono giorni di festa", pensava, osservando le persone che camminavano sotto la pioggia, indossan-
do i loro abiti migliori e, come nelle credenze ereditate dai porto-
ghesi, i discendenti di suo nonno Joaquim Toledo, ballavano sotto
la pioggia, felici in segno di gratitudine al Potente per aver assistito tutte le persone che in pellegrinaggio seguivano in processione
al Cruzeiro da Clemência, chiedendo che la pioggia ponesse fine

al lungo periodo di siccità.

Da bambino, João cercava la calma stando in braccio a suo padre.

E ogni tardo pomeriggio il ragazzo aspettava che tornasse da un'altra giornata di lavoro. Ad Abelardo piaceva e loro due giocavano, padre e figlio, per ore e ore.

Allora il padre cantava con la sua voce sommessa a mezzo tono e in quell'armonia il ragazzo si addormentava tenendo l'orecchio del padre e mordendosi leggermente il pollice. Così suo padre lo portava a letto, nei sogni d'infanzia.

Così lontani questi sogni come quel giorno in cui chiese a suo padre perché avesse costruito un serbatoio per immagazzinare l'acqua nel cortile dietro casa, pagato un carico d'acqua portato da camion, aperto il cancello e chiamato la gente a prenderne quanto necessario.

Lascia che i barili e i secchi si riempiano!

– Figlio mio, e pensi che mi faccia sentir bene vedere queste persone tornare alle loro case con i loro sacchi al vento sul dorso degli asini?

E il vento portò lontano le nuvole, smise di piovere, un forte odore di terra bagnata invase l'intera città e il sole tornò a regnare sotto un cielo ormai limpido, dando un bagliore speciale a quella tarda mattinata di bosco.

Nei suoi ricordi d'infanzia, João aveva registrato Floresta con la piazza e la chiesa, l'altra piazza che stava dietro la dove c'era l'istituto scolastico.

C'erano la Rua (strada) da Lagoa, che portava a Córrego da Ponte, e le strade di Cajarana e Cachorro Louco, dove viveva un contadino di nome Italiano, che trascorreva il suo tempo raccontando storie su come maneggiava armi pesanti a Monte Castelo e al suo coraggio durante la seconda guerra mondiale, quando il suo plotone fece innumerevoli prigionieri in coraggiosi attacchi contro i nemici trincerati.

Ha affrontato la morte ed è tornato per raccontare al popolo di Floresta gli orrori che aveva vissuto e a cui aveva assistito.

Capitolo 3

In quel luogo dove era presente la paura della morte e il caldo sembrava la bocca stessa dell'inferno, tutto aveva l'aria di aspettare qualcosa. A Floresta la parola di un uomo valeva più del denaro, la reputazione era sacra e fin dall'inizio, per un brav'uomo, non mantenere la parola data era motivo di disfatta.

C'erano alcuni negozi, ma era nel negozio alimentari che quasi tutti si riunivano, al mattino presto e nel tardo pomeriggio, dopo la fatica della giornata, per una tazza di caffè, un bicchierino di *cachaça* e un paio di chiacchiere. Era lì, in quel negozio – asciutti o sudati, dove si radunavano cacciatori e pescatori, contadini e impiegati, *cowboy* e calciatori – nelle domeniche di sole. Chi sempre appariva in quel negozio era Othoniel Batista a sfidare i clienti con i suoi enigmi, con lo sconforto di alcuni e l'esaurimento mentale di altri.

– Cos'è, cos'è? Non è vivo, ma cresce. Non ha polmoni, ma ha bisogno di aria. Non ha bocca, ma l'acqua può ucciderlo?

– Il fuoco.

Rispose un individuo magro, con una sigaretta spenta all'angolo della bocca, seduto sulla panca di legno contro il muro, vicino alle bottiglie di cachaça.

Capitolo 4

A Floresta c'erano fiere e feste di strada e a quei tempi si correva di corsa a casa dell'uomo magro che controllava il motore del generatore di corrente per poter allungare le ore di funzionamento della macchina.

Questo stesso signore, anni dopo, fonderà il Toca da Raposa, il bar più frequentato dell'intera regione. L'uomo era anche musicista e nel tempo libero si dedicava a suonare la batteria. Provò la professione in passato accompagnando il Conjunto Carlão, suo connazionale.

Carlão divenne famoso, varcò i confini animando danze: Pernambuco, Maranhão, Espírito Santo, Minas, fino a raggiungere San Paolo, meta da sogno per molti di quei luoghi.

Guadagnò notorietà e denaro.

Anni dopo, ristrutturò la casa che aveva ereditato a Floresta e vi terminò i suoi giorni.

João era suo amico, Carlão lo chiamava Johny. Molte volte Anna, la moglie del musicista, lo chiamava e con la sua voce dolce diceva "Carlão vuole vederti".

Non ha mai misurato gli sforzi che compiva. Correva ad Alto do Mato, ascoltando i piani dell'artista.

Così è stato fino al giorno della sua morte.

Ed è stato un bellissimo funerale, il suono penetrante della tromba invase le strade della Foresta che tanto amava.

Un uomo seduto sulla sua sedia a dondolo seguiva il corteo con le lacrime agli occhi: "Questa è l'unica certezza".

João camminava per le strade solitarie di Floresta, l'aria calda della piazza polverosa, la presenza della morte.

Foglie di mandorlo essiccate caddero a terra e Zé Carlos, che animava tante feste con il suo Conjunto Carlão, morì durante la settimana della festa locale.

Era un uomo che viveva di musica e per la musica. Se ne andò felice, la città in baldoria.

I cani spaventati fiutavano attraverso i sacchi della spazzatura vicino al cimitero.

Puro calore senza vento.

Dal cimitero tornò a casa. Addolorato per la morte dell'amico, accese la tv, si lasciò scivolare sul divano, riposandosi per il corpo.

La storia dell'energia fisica gli venne in mente in sogno.

Capitolo 5

I venti soffiavano da tutte le direzioni, minacciando i tetti, spargendo le foglie dei raccolti.

Nubi basse sembravano toccare la terra quando il piccolo movimento del sagrato della chiesa fu interrotto da un improvviso spiffero.

Quando le prime gocce di pioggia caddero a terra, esalando un forte e inebriante odore di terra bagnata, raggiunsero alcune persone ancora sdraiate nei loro letti.

Con l'evaporazione, le gocce aumentarono di forza, i lampi squarciarono il cielo e si sentivano tuoni da lontano.

– Qui i temporali torrenziali solo ogni due decenni – disse João, riportando le immagini dei pascoli bagnati dalla pioggia. Una bellezza!

La pioggia sferzante inzuppava le foglie dell'albero di avocado, l'odore della terra bagnata ammorbidiva l'aria.

Il vento faceva gemere la porta. Il tuono rimbombava sotto pesanti nuvole scure con un ruggito spaventoso. Fuori, bagnati fradici, i ragazzi stavano camminando per strada su scooter rudimentali quando il castagno frondoso crollò.

I banani ondeggiavano nel forte vento.

Quando la pioggia e il vento cessarono, la luce del sole illuminò le pareti della stanza.

Riaffiorarono i ricordi della cugina Rita. "Un giorno tornerò per sempre", diceva l'eco della frase come l'unico filo che tiene viva la speranza. La sua immagine riflessa nello specchio, l'acqua che scorreva tra le sue lunghe dita, sentiva parole in lontananza. Pensieri sciolti e disordinati.

I riflessi solari invasero la stanza. João aprì la porta con cautela.

Fuori, l'aria fresca del mattino. Uscì di casa, entrò in chiesa, recitò una preghiera.

Il profumo della terra bagnata lo inebriava e lo rimandava a un'infanzia senza TV.

Ancora un ragazzo, in balia della brezza, *bagogue* in mano, boccaglio appeso al collo.

Nel giardino di suo zio Zequinha c'erano uccelli da cacciare e *cambuizeiros alberi carichi (di frutti tropicali)* .

Il profumo di rosmarino nell'aria. A dicembre si sarebbe procurato la barba da vecchio per la lapinha che facevano le sue sorelle.

Non c'erano bambini che giocavano o canarini che volavano sui tetti.

João si svegliò con il silenzio che attraversava la piazza e ricordò la morte di suo padre.

Ancora a letto quella mattina d'agosto, infastidito a causa della notte insonne, ricordando quello spettrale trotto da cavaliere sentito anni prima.

Il cavaliere aveva qualcosa da rivelare? In quel momento si sentivano le voci del passato, sentiva la presenza delle persone e ancora una volta pensava alla morte.

Fuori, il cigolio di una cicala. Aveva sonno, dormiva poco e pensava molto. Avrebbe aspettato che la tempesta lo lasciasse. Dopotutto, non esiste un male che duri per sempre.

I pensieri invasero la sua mente e popolarono il suo cuore. Ricordi vivi e vividi, come quella mattina a Floresta, i fiori esultavano per i viali, le bandiere sventolate, dalla chiesa veniva il rintocco della campana, la gente allegra.

Vennero i ragazzi dell'Istituto Scolastico e le ragazze del collegio delle monache, con le loro divise inamidate. Tutti stavano camminando verso la piazza.

In quella mattina di sole, in cima alla carrozzeria del camion parcheggiato vicino alla chiesa, la Banda Musicale indossava la sua bellissima divisa.

Beata con la testa avvolta in scialli. Per le strade, donne e bambini.

Gli uomini si avviavano in fretta verso il ponte vecchio, tra cui Abelardo, in attesa di Mário Benevides, a bordo del suo polveroso camioncino, sempre pronto a strappare le strade del Sertão.

Uno striscione esteso diceva:

Floresta saluta il deputato Leônidas Passos.

Alcune persone si sistemavano mentre l'annunciatore testava l'attrezzatura in attesa degli illustri relatori.

Gli studenti dell'insegnante Carmem arrivarono in fila. João era il più entusiasta, avrebbe visto da vicino un deputato federale, un rappresentante nazionale eletto con voto diretto. "Se ne ho l'opportunità, voglio salutare quest'uomo." Quasi tutti i florestiani erano in piazza, alcuni cercavano riparo sotto i mandorli e gli alberi di jackfruit, altri sui marciapiedi delle case.

Gli studenti cercavano il loro posto sotto il dolce comando del maestro quando la polvere si alzò e Mário Benevides, come incantato, fermò il suo cavallo a quattro ruote davanti alla chiesa, accanto al camion. Il membro del Congresso Leonidas Passos è venuto ad annunciare la buona notizia:

– Gente di Floresta – esclamò il parlamentare – Amici miei, gente mia. Oggi è una data molto importante per tutti noi, soprattutto per i figli di questa terra, poiché da oggi Floresta non appartiene più a Serra Azul.

D'ora in poi voi decidete i vostri destini, siete liberi. La dipendenza è finita, Floresta è emancipata e noi ci prepariamo per eleggere il nostro futuro sindaco.–

Ciò fu garantito dal rappresentante del popolo nella Capitale Federale, che grazie a questo atto fece ribattezzare in suo onore la famosa Rua da Lagoa.

Quelli di Floresta non si sarebbero più chiamati tabareus quando sarebbero andati a Serra Azul, anche se quelli di lì insistevano.

João immaginava che sarebbero stati oppressi, perché erano stati governati in due occasioni da un uomo nato a Floresta.

I razzi esplosero in aria.

"Peccato che non sia notte, è bello da vedere" pensò la professoressa.

Tanti applausi e ancora applausi. L'annunciatore informava:

– Queste furono le parole dell'illustre deputato Leonida Passos.

Gli studenti applaudirono.

La gente urlava. Un uomo con un cappello di pelle in testa, proteggendola dal sole per non perdere il giudizio, conversò con la donna accanto: – *che maledizione ha avuto l'amico Mário, questo vice è furbo e un maledetto* chiacchierone.

In mezzo alla folla, una donna con il bambino in braccio si asciugò le lacrime sulla manica del vestito. L'annunciatore salutò il vice.

– E ora, con voi, lui, l'uomo del popolo, il rivoluzionario. Ha il coraggio di lottare per Floresta, il futuro sindaco di Floresta...

Andiamo, popolo mio, applaudiamo Mário Benevides.

I razzi esplodevano nell'aria, si udirono urla dalla gente, gli applausi si diffusero in tutta la piazza. Mário Benevides salutò con entusiasmo.

– Gente della mia terra, fratelli miei. Non posso nascondere la mia felicità nel sapere che non dovremo mai più rispondere a Serra Azul. Non stiamo giocando all'indipendenza, abbiamo impegni, giuramenti e li manterremo. Saremo liberi e felici. –

Concluse Mário, eccitato, preso dalla speranza che il primo sindaco di Floresta sarebbe stato scelto alle elezioni. E sorrise candidamente.

La frase "saremo liberi e felici" risuonava ancora in piazza ed è stata questa parte del discorso che è piaciuta di più alla gente.

Soprattutto a João, che ha assistito alla nascita del comune di Floresta ed è stata una giornata di festa dal sapore di elezione.

Capitolo 6

João aveva in bocca il sapore della vita urbana.

"Figlio mio, stai attento. Gli empi cercheranno di piegare i sentieri dei retti e dei sapienti", raccomandava il padre. Considerava certa l'idea di aver venduto la Fazenda Bom Viver e di aver investito il risultato della sua quota nell'installazione del negozio alimentare A Venda, punto di ritrovo per i florestiani ogni mattina e nel tardo pomeriggio per un caffè, una chiacchierata, un giro di birra o un sorso di *cachaça*. Il mercoledì il movimento era intenso: tutta la gente delle campagne riponeva l'attrezzatura e faceva la spesa al supermercato.

João che corre da una parte all'altra per servirli, guidando gli impiegati: "il cliente non può mai aspettare o essere contraddetto. Non dimenticare mai quel motto". Le casalinghe in città preferivano fare acquisti in altri giorni: João faceva consegnare la merce. I fine settimana erano dedicati a giocare a biliardo nel retrobottega e a gustare gli stufati preparati dal mercante, cacciatore nel tempo libero. Ed erano i più vari e appetitosi: pecore, capre, quaglie e persino stufati di pollo da cortile. Il tutto innaffiato da birre e *cachaças* di prim'ordine per soddisfare i clienti, che erano esigenti a riguardo.

E ogni giorno era lo stesso: i clienti in cerca di pettegolezzi: risse per la terra, tradimenti, rapine, eventi politici…

Capitolo 7

L'alba non era ancora presente, le luci della città accese.

João si girò nel letto, anche se aveva dormito col sonno come compagno.

Affaticato, il giorno prima era impegnato nella capitale, dove era trattenuto per lavoro.

La notte era buia e la lampada accesa minacciava di spegnersi. Le ombre apparvero nell'oscurità, si udì un sussurro come se provenisse dalla parete.

Girò la testa e non vide nulla. Sentì il sussurro arrivare a passi lenti, una voce maschile.

Pensò a suo padre. Stava cominciando a essere sopraffatto dal sonno quando una fila di santi gli passò davanti.

Riconobbe Santa Rita, quella della devozione materna, e un filo di paura della morte percorse tutto il suo corpo. Guardava il cielo attraverso la finestra dietro la tenda semiaperta, si rattristiva nel vedere alcune stelle nel cielo, poche.

Vorrei il cielo sereno. Un gallo cantò. "A Floresta, quando un gallo canta fuori tempo, è di cattivo auspicio". Immerse tutto il corpo sotto la coperta come se cercasse di nascondersi.

Sentì la notte avvolgere la terra e sentì bussare alla porta, il suo respiro si fece di brevi sussulti.

Di nuovo bussano alla porta. Un cane ululava in modo penetrante. Ancora una volta guardò il cielo attraverso la finestra e ebbe paura della morte.

Aprì la porta, il fattorino dell'hotel raccontò delle chiamate che avevano tentato di trasferire nella sua stanza senza successo. Si appoggiò alla porta e guardò di nuovo fuori dalla finestra, non vide altro che insetti intorno alla lampada.

Corse al telefono, era sua sorella ad informarlo del ricovero frettoloso di Santinha e del trasferimento in un ospedale di Lagoa. Diceva di tornare il prima possibile o non avrebbe trovato sua madre viva. Non la incontrò più.

Capitolo 8

La città era piena di suoni quella notte, si sentivano voci da sotto i ciottoli. Gli scricchiolii sotto la pioggia riportavano un tempo passato.
Fuori una piccola pioggia insistente.
Il freddo dentro Fox's Lair. Le stelle illuminavano i ciottoli della strada. Attraverso la porta spalancata, la luce della luna raggiunse il balcone.
La fragranza della morte aleggiava nell'aria e gli uomini appoggiati al muro o seduti sulle sedie udivano in lontananza una voce di donna.
C'era il sospetto nell'aria quella notte.
– Apro questa casa tutti i giorni, qui non ci sono vacanze e sono alla pari con il mondo degli affari – affermava Salu Batera, titolare della struttura.
– Chi obbedisce ai giorni festivi sono le banche.
Dagli occhi di quell'uomo, le luci illuminavano la sala, la sua voce riempiva la notte, coprendo la musica.
La luna salì ad una velocità mai vista prima.
La prosa fu interrotta da un motociclista che annunciava la morte di Chico do Mato.
Da Toca da Raposa andarono tutti alla veglia funebre. La sepoltura sarebbe stata la mattina successiva.
– È previsto per le dieci. – avvisò il ragazzo.
Le notti di lutto non sono facili. Alcuni uomini si raccoglievano, riservati, intorno alla bara, tenendo il cappello davanti al petto – perché un uomo di rispetto non va da un altro, non entra in Chiesa, né assiste a una veglia funebre con il cappello in testa.
Altri stavano intorno al fuoco, abbattuti, tenendo gli occhi fissi sulla coreografia delle fiamme. Parlavano poco tra di loro. Sape-

vano tutti che anche l'amico della porta accanto provava la stessa paura di avvicinarsi alla morte.

I cani e le civette erano a riposo, gli uccelli non si erano ancora svegliati per salutare l'alba.

Passò molto tempo prima che arrivasse l'alba.

Nel cielo solo poche stelle, senza il chiaro di luna.

Solo le lucciole, lampade fantasma, si accendevano non molto lontane. Era una di quelle notti fredde che oscuravano l'anima.

Le candele illuminarono il volto della defunta, che sembrava ascoltare tutta quella conversazione.

Una ragazza serviva il caffè. Gli uomini guardavano il cielo, interrogavano l'orizzonte, non dicevano nulla. La paura della morte nell'aria. Con l'avvicinarsi dell'alba, una brezza cominciò a soffiare da sud-ovest, aumentando gradualmente di ampiezza, riempiendo l'aria delle scintille che l'atmosfera trasportava dal fuoco quasi terminato.

Gli uomini esitavano, la prosa cessò.

Nel cuore, la paura della morte. Tutti si aspettavano che l'alba dipingesse con le dita le prime luci del nuovo giorno. In lontananza, vagava nell'ombra della notte, il muggito di una mucca.

La beata Ernestina era lì, con il suo rosario sudicio tra le mani, a pregare per il corpo. Avvolta in uno scialle nero, accendeva candele, recitava preghiere. Non poteva più sopportare un'intera notte di veglia.

Vecchia e stanca, tornò a casa.

Nessuno dei presenti conosceva preghiere e orazioni che scongiurassero la paura della morte.

"E dopo la sua morte, cosa sarà?"

La foresta era piena di suoni.

I cani abbaiavano, il silenzio era squarciato da voci provenienti dalle pietre.

Una brezza che soffia da sud-ovest. Sentita in lontananza, una canzone parlava della morte, gli uomini la sentivano vicina, come se venisse al galoppo di un cavallo.

Una canzone triste, a volte culminante, a volte solo un sussurro.

Era una buia notte di giugno quando Chico do Mato arrivò a Floresta. Viveva da solo, aveva solo animali e piante come compagnia.

Di tanto in tanto Zé Santeiro si associava per due dita di prosa.

Per alcuni, assassino, fuggiasco dalla legge.

In quel campo, la porta quasi mai aperta, i muri fatti di canne e crepe di fango come striature, Chico do Mato viveva solo.

– Non so cosa pensano gli altri, ma considero che ciò che conta sia quello che fa il cittadino nel presente.

Nel passato, che importa cos'è stato fatto? E Chico do Mato non ha mai fatto del male qui a Floresta.

L'uomo che era accovacciato, appoggiato al muro, lo disse mentre aspettava che João aprisse le porte del negozio *A Venda*.

La gente chiacchierava in attesa del caffè, quando un giovane di nome Fabiano irruppe con un altro evento: l'inaugurazione di Casa dos Prazeres, la discoteca di Maria dos Prazeres.

Capitolo 9

Chi, sano di mente, non aveva mai sentito parlare di Maria dos Prazeres? Una donna che ha trasceso l'universo di Floresta.

Una professionista dedita ai suoi compiti – il cui solo nome dice tutto – ha sempre sognato di allestire un tempio del divertimento.

Accadde così che il progetto per la costruzione della Casa dos Prazeres incontrò la resistenza delle moraliste donne sposate e single del luogo.

Secondo la popolazione locale, la soluzione per impedire l'installazione della casa sarebbe l'espulsione del suo proprietario.

Così fecero una petizione e la inoltrarono al sacerdote, al giudice e al sindaco, chiedendone l'estradizione.

Maria dos Prazeres era quasi un impianto in quella terra, ne faceva parte del paesaggio e della vita quotidiana.

Veniva da direzioni diverse e cercava di trovare un percorso che sarebbe stato suo. Aveva ancora molta energia, riciclata dalla sua giovinezza d'oro.

Sapeva di far parte della storia di Floresta.

Alcuni di coloro che si avvicinavano a lei e si divertivano nei loro sogni ad occhi aperti, organizzarono un movimento sotto forma di uno sforzo congiunto per costruire *randevours:* un luogo di divertimento e gioia nelle notti di Floresta.

E gli habitué della casa della donna più dedita ai lavori che Floresta abbia mai visto, poterono finalmente avere il loro luogo di svago: gioioso, orale e creativo. Quanto alla petizione firmata dalle donne modeste e dalle loro figlie pudiche, nessuno sa quale sorte abbia incontrato.

I cani abbaiavano. Attraverso le finestre alcune donne osservano il movimento della piazza.

Foglie degli alberi che ondeggiano nel vento. Un uomo di fretta attraversò la strada, ma udì la frase:

"La vita dei florestiani zingari è completa".

Durante il giorno tutte le strade portavano al negozio A Venda; al tramonto tutti, compreso João, si recavano a *Toca da Raposa*; e per i più eccitati l'alba era riservata alla Casa dos Prazeres.

Capitolo 10

Altezza di circa un metro e settanta centimetri, leggermente ricurvo, magro, pelle abbronzata dal sole, attento nel vestire e nell'indossare.

Pacato, tranquillo, raramente alterato. Comico, ricco di detti divertenti, amichevole quasi sempre.

Non è troppo riconoscerlo come un osservatore del mondo, insoddisfatto dei mali che affliggono l'umanità a causa dell'egoismo di chi la costituisce, come rivelano opinioni, concetti e interventi.

La sua visione riflette quanto osservato nella vita quotidiana, in letture incentrate sulla qualità e sulla formazione ideologica di testi e autori e sulla memoria prodigiosa in relazione ai fatti locali, nazionali e globali.

Era una specie in via di estinzione di persone venerate in passato come sagge, molto più per ciò che rappresentavano e conquistavano in termini di rispetto e meno per aver frequentato la scuola formale.

In un modo semplice e oggettivo, basato sulla sincerità di principi e propositi, João esprimeva il suo universo al mondo, un'utopia racchiusa in Rua da Poesia, dove si trovavano i pilastri della Mercearia A Venda.

I suoi fratelli seguivano passi convenienti alla ricerca delle costruzioni delle proprie storie di vita e del proprio tempo, sempre nello stesso luogo, nell'eterno andare e venire. João rimase in casa, prendendosi cura dei suoi genitori e con la loro morte acquisì le quote degli altri eredi della proprietà, fece una ristrutturazione, mantenendo lo stile, e non volle lasciarla.

Single per scelta, notturno per convinzione e compromessa dalla stabilità morale e finanziaria di Mercearia A Venda.

Testardo bohémien, lettore vorace e viaggiatore incallito, gli piaceva lo stile di vita che gli era stato imposto. La vita vissuta secondo gli eventi.

"La notte è fatta per essere vissuta", lesse una volta e non ricordava dove.

João voleva solo conoscere luoghi e persone e il negozio di alimentari gli permetteva un reddito mensile per tali stravaganze.

A giugno avrebbe compiuto cinquant'anni. No, non avrebbe organizzato una festa per festeggiare il suo compleanno come suggerito da una delle sue sorelle. Pensò a qualcosa di più grande e di solamente suo.

Del resto chi, come lui, è scampato alla morte, in una febbrile notte di angoscia, deve passare la vita a festeggiare.

Fu così: quel giorno arrivò dall'Istituto Scolastico sentendosi debole, mangiò delle banane e andò a letto. Si svegliò nel tardo pomeriggio con molto mal di testa e il corpo caldo. Suo padre fu avvisato quando arrivò alla fattoria di Lajedão.

Chiese aiuto a Madre Januária, che conosceva i succhi delle foglie che curano le malattie, smettono di sanguinare e fanno guarire la lesione; erbe distintive che portano al sonno e leniscono il dolore.

Poiché non c'erano ferite, cosa poteva fare Madre Januária?

Corse a casa di Simão Boticário, il farmacista fece un'iniezione al malato, chiamò Abelardo all'angolo e gli disse di mandare a chiamare il dottor Herculano in Serra Azul.

Il contadino e suo fratello Antônio seguivano la strada sterrata e polverosa verso la città vicina in cerca di aiuto per il figlio. Trovarono il medico nella sua residenza, di fronte all'Hotel Vitória.

– Pernottate qui, partiremo presto domani.

- Conosco questo male, non allarmatevi. Guariremo tuo figlio.

– No, dottore, la ringrazio, ma l'agonia è grande. Andiamo adesso.

João gemette di dolore, riusciva a malapena a muovere il collo a causa del torcicollo.

Santinha inginocchiata accanto a lui, singhiozzando come solo le madri singhiozzano. Abbracciando il suo corpo, gli passò dolcemente la mano sulla testa, chiamandolo con tutti i soprannomi affettuosi che solo le madri usano con i loro figli, baciandogli il viso come se João fosse tornato bambino nella culla, aspettando che si tranquillizzasse.

João aveva sete e le sue viscere bruciavano.

In lontananza si sentivano ululati.

La notte era stata piena di panico, era presente un silenzio ultraterreno. L'avvicinarsi della morte.

I presenti immaginano l'anima di João che lascia il suo corpo, volando nel mondo dei morti.

Si lamentavano della perdita della giovinezza che sarebbe finita lì.

– Questo giovane era affetto da una malattia nota come meningite. – Dichiarò l'erede di Esculapio, diagnosticando il malato. – La meningite è solitamente causata da un'infezione virale, ma può anche essere di origine batterica o fungina.

Il vaccino può prevenire alcune forme di meningite, ma credo che qui, come a Serra Azul, non sia ancora disponibile.

I sintomi sono proprio questi: mal di testa, febbre e torcicollo.

Il medico gli diede un cocktail di antibiotici, lasciandone altri da somministrare ogni otto ore. Che Santinha non diminticasse. E assicurò: – Tutti possono essere certi che questo giovane avrà una lunga vita.

Questo è stato uno spavento e basta.

L'oscurità della notte si fece meno fitta, l'alba pian piano arrivò, alcuni uccelli annunciarono l'arrivo dell'aurora, dipingendo con le loro dita rosa la volta scarna del cielo e un bagliore cominciò ad illuminare il panorama.

"Percorrere molte strade, tornare a casa, guardare di nuovo tutto come se fosse la prima volta".

Capitolo 11

Gli ultimi venti gettavano nell'aria il buon odore della terra bagnata, la pigrizia lo fermò. Fuori, una pioggia leggera insisteva a cadere a intervalli.

Ricordava di aver letto qualche anno prima che il lutto può trasformarsi in malattia quando diventa più difficile del solito.

Pensò a Santinha, sua madre, così bella e così dolce, e sentì la profondità del desiderio nel suo petto.

Volevo accontentarla, era così bello che mi piacesse.

Affrontare la perdita di una persona cara non è un compito facile.

Capì che non l'avrebbe più riabbracciata, solo nei giorni dopo la sua morte.

Il pomeriggio dipinto di rosso, con il crepuscolo che sembrava voler insanguinare il cielo, rese triste quel tardo pomeriggio.

João, corroso dentro, sentendosi frammentato, parve di sentire sua madre che gli diceva:

"Conservo vivo nella mia memoria tutto ciò che ho vissuto e sentito, e anche ciò che non mi era permesso sentire quando ero viva. Questo, ragazzo mio, credimi, è più forte del fatto che tu creda o meno nei fantasmi."

Nonostante fosse un pomeriggio triste, Santinha sorrise.

Capitolo 12

Gocce di pioggia cadevano. L'acqua limpida gocciolava lungo i marciapiedi. João stava camminando sotto la pioggia e gli piaceva camminare.

Il pensiero oltre l'orizzonte, i piedi che calpestavano piccole pozzanghere. Gocce insistenti. Dal fresco terreno proveniva un dolce odore che aleggiava nell'aria.

Tornò a casa arrossato e felice.

Dopo alcune dosi di cachaça e una buona chiacchierata con gli amici al Toca da Raposa, accettò l'invito a passare la serata in un forró a Povoado Alegria, dove si esibivano i fisarmonicisti Teófilo e Xavier, e lì si scatenò.

Sicuramente esagerò nel ballo con qualche cabocla lampeira.

La resistenza di quell'uomo fu impressionante. I galli cantavano in periferia e l'alba lasciò il posto ai primi raggi di luce.

Nel momento in cui giunse l'aurora a tingere il cielo con i suoi colori festosi, João arrivò a casa, si fece la doccia, si rase, indossò abiti puliti e profumati, sbadigliò a lungo, distese il corpo.

Si diresse verso il negozio di alimentari in vendita. Un raggio di luce invase la casa quando la porta si aprì.

Le casalinghe sceglievano i prodotti per i caffè, gli studenti si preparavano per la scuola, un cane inseguiva uno dei gatti di João, un bambino mangiava la terra, il vento soffiava forte.

I passeri cantavano in un allegro frastuono.

Una mattina solare. Da una macchina che si era fermata davanti alla porta di *A Venda* scende un uomo.

– Buongiorno, João.

– Giorno, ragazzo.

– Mi chiamo Alexander João e sono interessato alle vostre terre.

Ho sentito che non le visiti da anni. Voglio comprarle per piantare l'eucalipto.

Il cittadino è tedesco, lo ha scoperto subito João.

Dalla morte di Abelardo, Fazenda Lajedão è stata abbandonata. Del bestiame venduto, ciò che gli è stato assegnato della spartizione è stato utilizzato per ampliare il magazzino e per migliorare le strutture da Merceria a Venda, inclusa l'acquisizione della proprietà vicina, favorendo la crescita della sua attività.

Con la morte della madre pensò di sbarazzarsi di quella proprietà una volta per tutte.

– Siediti – disse João, manifestando la sua consueta gentilezza.

Il commerciante offriva al visitatore acqua, caffè, birra

– Cosa posso servirti?

Scrutando attentamente le offerte di bevande sugli scaffali, il tedesco si interessò a una bottiglia di *brandy* con dentro un serpente.

Lo assaporò, fece schioccare la lingua.

Disse di aver acquistato un'altra proprietà nel comune di Rio Largo, dove aveva iniziato a lavorare i terreni per la semina.

Presentava una sola condizione: era necessario che l'immobile fosse registrato presso un notaio, in modo che potesse fungere da garanzia per il prestito che sarebbe avvenuto in banca.

João manteneva vivo nella sua memoria ciò che sua madre gli disse sull'approvazione che uno zio chiese a suo padre e la storia di cercare l'atto.

Confermò di avere quanto richiesto e il potenziale acquirente chiese di verificare. All'interno di una valigia dove teneva tutte le carte del suo defunto padre, João recuperò il documento.

– Ma questo è solo un contratto di compravendita, ingiallito dal tempo e consumato dalle tarme. Non mi va bene. – Argomentò lo straniero.

– E ora, cosa fare? L'uomo esigeva un atto notarile.

Domingos Sales, cliente abituale della Venda, avendo lasciato l'incarico di delegato per occupare quello di giudice di pace, che assisteva a tutto, lo invitò a cercare un avvocato per regolarizzare la situazione.

Suo genero, lavoratore petrolifero residente a Lagoa, conosceva qualcuno che avrebbe potuto risolvere la situazione.

Pioveva, i fulmini illuminavano il terreno, una luce grigia come se la notte non avesse fine. João ascoltò a lungo il rumore dell'acqua e dormì poco.

– Svegliati, figliolo. La voce dolce e familiare oltrepassò la linea del sonno. Cercò di aprire gli occhi, il suo corpo non lo aiutò e si riaddormentò, sopraffatto dal sonno. Sentì delle mani che lo accarezzavano, le stesse che gli coprivano il corpo con la coperta.

La pioggia insisteva. Sentì dei passi e una voce femminile lo svegliò. Bella e sorridente, Santinha lo accarezzò. Abelardo appoggiato alla porta socchiusa.

João sorpreso e felice.

Fuori, i fulmini illuminavano la notte buia. Non c'erano stelle nel cielo. All'alba, l'acqua piovana repentina schizzava sulla tettoia aiutando ad alleviare il temporale.

Il sole illuminava tutto facendo brillare i fiori.

Fece il segno di Croce, aprì la finestra, mise l'acqua sul fuoco per il caffè e si preparò per farsi la barba.

Sotto il sole, la valle sembrava una grande laguna scintillante, attraverso la quale si vedeva un sentiero ansante che cercava di raggiungere le colline.

Più avanti, la strada più lontana, e per essa si diresse verso l'ufficio della casistica. Dott. Borges dos Santos.

Era scritto sul cartello appeso.

Sta attendendo un cliente, disse la sua segretaria. Aspetterei un po' osservando gli scaffali pieni di libri, alcuni già vecchi.

Il titolo di perito fondiario appeso al muro.

– Il contratto di compravendita funziona come un impegno tra il venditore e l'acquirente. Si registra l'intenzione del primo di cedere il possesso dell'immobile al secondo, il quale dovrà fornire l'importo corrispondente al valore dell'immobile acquistato. – spiegò l'avvocato, trascrivendo le linee guida su un foglio. Doveva portare i documenti richiesti e garantire l'atto redatto.

C'era speranza contro la pena. Era stata una giornata piena di problemi burocratici. Fece il giro della Praça do Tamarineiro.

Quella strada lo aveva attratto fin dal giorno in cui era stato per la prima volta in città, di passaggio, andando a fare una promessa al signor del Bonfim da Bahia.(Santo Patrono di Salvador di Bahia) Sotto gli alberi le voci silenziose di uomini che giocavano a dadi su una tavola di legno.

João pensò a Palamedes, al quale è attribuita questa invenzione.

Fu nel tardo pomeriggio, al termine della fiera, che suo zio Zequinha gli parlò del greco, risvegliando il suo interesse per la filosofia. Il sole forte sopra le nuvole basse.

Cielo azzurro sopra i tamarindi dove i passeri chiassosi incrociavano la piazza.

Davanti al negozio che vendeva tessuti pregiati, i ricordi affioravano: Santinha apprezzava l'incomparabile bellezza delle fattorie.

In un'occasione João decise di presentarle i pezzi più belli che poteva acquistare, certo che ciò l' avrebbe aiutata ad alleviare la tristezza che si era abbattuta da quando Abelardo aveva lasciato il mondo terreno.

Non appena si rese conto che lì c'era un figlio che voleva compiacere sua madre ed era disposto a spendere, il proprietario del negozio gli presentò ciò che era più speciale. Altri venditori lo circondavano, dispiegando davanti a lui le stoffe più svariate, sollevando davanti ai suoi occhi anche vassoi dove brillavano anelli, bracciali, collane e i più bei pettini per i capelli.

Gli occhi di João brillavano di fronte a così tanta esposizione, non aveva mai visto così tanta bellezza nei tessuti e nei gioielli.

Sapeva di aver scelto dei regali per sua madre e questo lo rendeva agonizzante in preda alla selezione.

La luce del sole entrava nel negozio, il proprietario parlava incessantemente, si vantava di avere i tessuti più pregiati. Glieli ruotò attorno, lentamente per una migliore dimostrazione di ciò che presentava, provando la caratteristica saggezza dei venditori.

Oltre ai tessuti, c'erano anche gioielli e soprammobili, specchi e sciarpe, profumi e collane. João separò i pezzi scelti e anche alcuni gioielli.

Come un uccello magnetizzato dal bagliore dello sguardo di un serpente, era affascinato da tutto ciò che vedeva. Sì, in realtà aveva investito una cifra considerevole in quegli oggetti, ma che importa quanto si spende per rendere felici le persone?

Nella stessa piazza entrò in un negozio di liquori, volle comprare qualche bottiglia di vino, ne chiese una scura e aromatica come la sua terra natale e ripensò a Palamedes: si diceva che fosse lui il responsabile della proporzione ideale di acqua al vino, che era di due parti a cinque.

Capitolo 13

Gocce d'acqua scorrevano oltre la finestra della camera da letto. Stava ancora piovigginando quando João si svegliò. Accese la lampada nello stesso momento in cui la campana della chiesa suonò.

La mattina autunnale si estende lungo i versi, particolarmente belli con le foglie degli alberi cadute a terra.

Gli uccelli liberi nel verde cercavano di scaldarsi le piume al sole, i cani abbaiavano in lontananza sotto il vento. Un uomo attraversò la piazza a cavallo.

I ragazzi giocavano e João aspettava l'arrivo di Rita, sua cugina. Erano come fratelli. Erano fratelli, sono cresciuti insieme.

"Quasi una persona sola" disse Santinha. La giovanissima Rita andò in un seminario in una città remota e lontana.

Come in un sogno, da sveglio, si ricordò di un'avventura vissuta con sua cugina:

Le nuvole leggere non impedivano il calore del sole.

João la stava aspettando appoggiato al muro. Pelle sottile e segnata dalle intemperie, capelli mossi dal vento.

– Cugina, sono contento che tu sia venuta.

Rita, stanca e curiosa, chiese:

– Che ci facciamo qui?

Appoggiato al muro, indicò il cancello di legno, divorato di termiti.

– Le anime infelici abitano questo luogo. Sarà vero? Tu le temi?

I bambini che giocavano nelle vicinanze rompevano il silenzio del caldo pomeriggio. Rita lo guardava spaventata, voleva resistere. Guardò il cielo, di un azzurro sconcertante.

– Cugina, da anni non c'è nessuno in questa casa. Penso che non ci siano più nemmeno i fantasmi. Credimi, vieni.

Rita disse qualcosa, João non riusciva a capire. Come un film in

bianco e nero proiettato in un vecchio cinema, i ricordi affioravano.
– Non entro. Non supererò questa barriera. È tutto molto vivo e doloroso. È la barriera del tempo. Del tempo della nostra terra! – disse Rita.

Rita si arrambicò sul muro divorata dall'azione vorace degli anni e rimase lì, lo sguardo vuoto, a guardare la sua vita scorrere come nello specchietto retrovisore di un'auto sempre in movimento.

Ci era andata un paio di volte nell'infanzia e adolescenza.

In quella casa, la casa di Joaquim Toledo, il fondatore di Floresta, aveva cercato fiori nel cortile per la novena di Maria.

Parte della storia della città fu costruita su quella proprietà e non c'era modo di poterla cancellare.

L'anacardio era ancora lì, il suo sgargiante albero in fiore di un triste colore rossastro non ricordava per niente il tempo in cui Joaquim Toledo aspettava il tramonto, seduto sulla sua sedia a dondolo nel tardo pomeriggio, fumando una sigaretta di paglia.

I pilastri di legno non potevano più sostenere il peso del tetto, a causa dell'azione delle termiti. Sui muri sudici e sporchi c'erano i segni degli anni che li facevano incrinare come solchi nella terra grezza.

All'incrocio del pavimento in mattoni pesanti e squadrati, le erbacce venivano irrigate dall'acqua che scorreva dalle grondaie del tetto nei giorni di pioggia.

La casa era in rovina. Il nuovo proprietario abitava nella capitale, non avendo alcun legame con il suo passato.

João indietreggiò dai suoi passi sulle foglie secche.

– Sei un pazzo. Cosa vorresti ottenere, João, entrando in questo mausoleo? Sei un cacciatore di fantasmi adesso?

João le diede la mano. Rita scese dal muro marcio. Continuarono lungo la strada di ghiaia e polvere. Il desiderio di penetrare in quell'ambiente nocivo non era stato precluso a João, rispettava solo la paura della cugina, la paura della morte e dei morti.

Guardò a ovest, il cielo di un azzurro sconcertante.

Attraversarono la strada. I bambini in lontananza giocavano, rompendo il silenzio del caldo pomeriggio.

- 79 -

Capitolo 14

Rita arrivò portando la luce del sole, la fine della pioggia, la gioia.

Il suo grido per far aprire la porta fu sentito anche da una donna magra che stava spazzando il marciapiede dall'altra parte della piazza.

Pur essendo una bella donna, Rita aveva occhi acuti che sapevano convincere.

Era lì ancora una volta, di nuovo nella stessa casa dove fu da bambina, portata dai genitori, in occasione dell'inaugurazione di un'importante opera.

Le caratteristiche ancora belle e forti. Dolce gioia di poter tornare.

– La tua presenza riempie questa casa di gioie e di sapori.

Lo disse João e ciò lo trasmise a Santinha che visse aspettando il ritorno di sua nipote.

Com'era piacevole la sua compagnia e i deliziosi piatti preparati da sua cugina.

Tutto incantava Rita: le piantagioni di mais, le spighe verdi, l'odore della terra bagnata, gli uccelli, i fiori, le piogge, le strade bagnate e lo splendore delle foglie ancora umide.

– Sai, cugino, non hai figli, non hai piantato alberi, no…

– Sto pensando esattamente a questo.

Nella mente di João si alternavano le scene vissute e le scene vivide. Eventi, fiori e poesie, libri letti e scene inquietanti di film, le conversazioni ai tavoli da Toca da Raposa.

Tutto ciò che è testimoniato all'interno delle mura del suo negozio a Venda le conferisce un ricco patrimonio memoriale, ricco di storie da raccontare.

I suoi pensieri lasciano il posto alle esperienze vissute fino a quel momento, come se fosse arrivata una nuova epoca. Ansioso di aspettare sua cugina, il mercante aveva passato la notte a desiderare le braccia di Morfeo, che non gli era venuto incontro.

Non appena i galli annunciarono l'arrivo dell'alba, egli si alzò con un profondo desiderio di scrivere.

Andò a prendere carta e penna, fece annotazioni.

Chiuso nei pensieri. Isolato, aforismi scarabocchiati, frasi assemblate, paragrafi interi, capitoli punteggiati.

– Qui, cugino, a Floresta, le storie si diffondono velocemente e i fatti si conoscono subito nei capannelli di persone. Potresti averne sentiti diversi allo sportello di A *Venda*. Inoltre, cugino, sei un essere dotato di un profondo sentimento di amore per questo luogo e per le persone.

Rita pronunciò le parole come se le scrivesse. La sua voce era piena di vita e attraverso i suoi occhi era possibile vedere gli occhi di tutta la gente di Floresta. Il pensiero scorreva tra i suoi capelli neri come la notte. Fuori, i ragazzi correvano attraverso la piazza mentre il sole riempiva il giardino.

– Sai cugina, le persone di queste parti, dai bambini agli anziani, trascorrono tutta la vita ascoltando e raccontando storie. Sarà sempre necessario tenere uno sguardo attento al futuro e al desiderio di mantenere viva la fiamma della storia degli abitanti di questo luogo.

Ci sono illusioni e aspirazioni ad abbondare e io sento cosa occorre fare. La fattoria Floresta è piena di storie, canzoni, aneddoti e sempre le stesse domande senza risposta su siccità e inondazioni. E io, percorrendo i sentieri dei ricordi, devo raccontarli. Scriverò un libro con alcune storie di vita e di morte.

– Scrivi il libro, João, sarà un successo!

E non disse altro, non sarebbe stato necessario.

Era di nuovo lì. Ritorno agli anni passati. Braccia ancora ferme e forti, viso rilassato dalla gioia di ritornare.

– Rita, sono così felice di averti qui. La casa è piena di gioia.

La brezza li faceva ridere. Affioravano tempi passati e vividi, come quando innalzavano gli aquiloni in tempo di forte vento.

Dalle strade provenivano forti rumori.

La pelle di Rita emanava un bagliore speciale, come se fosse coperta della rugiada.

– Sai, João?! Quando andrò in pensione verrò a vivere qui con te. Due single in questa casa. Almeno ci faremo compagnia.

E risero molto. Una risata propria dei bambini felici.

Appoggiati al balcone della finestra, guardavano la piazza e la gente. Un buon odore di terra bagnata, portato da un vento leggero, riempiva la casa.

RINGRAZIAMENTI

A mia madre, Dona Eide, per avermi insegnato le mie prime parole.

A mio zio Neném, che mi ha fatto conoscere il mondo dei libri e a mio padre, Luiz Vieira, che ne comprò quanti ne avevo chiesto.

Nonna Iná e Nonno Caboco, veri personaggi di tante storie.

A mia zia Iza, per avermi raccontato una storia che ha portato a questo romanzo.

Alle mie sorelle e ai miei fratelli, per il loro sostegno incondizionato.

Al mio amico Milton Benedito, Bacurau, che mi ha raccontato tante storie.

Antônio Torres, il maestro di tutti noi, per tutta la sua generosità e attenzione in questi oltre 30 anni.

Décio Torres, per consigli così precisi e necessari.

Tom Torres, per tutto e per esserci sempre.

Gli insegnanti maestri Maria José e la dottoressa Fátima Berenice, per aver inserito il mio lavoro nel mondo accademico.

Samuel Costa, un fratello, per informazioni così preziose nella costruzione dei personaggi di questa storia.

Allan Oliveira, Barrabaz e Carise Guimarães, per la loro preziosa disponibilità e supporto.

NOTE SULL'AUTORE

Luiz Eudes, scrittore.

Nasce a Sátiro Dias, Bahia – Brasile, è sposato e padre di tre figli.

È autore dei libri di racconti Noite de Festa, Tempo de Sonhos, Cangalha do Vento (pubblicati anche in Portogallo e Angola) e Tarde de Chuva e del libro per bambini *Baleia e a família perdida*, pubblicato nella collana Bichinhos Literários.

Membro dell'União Brasileira de Escritores (San Paolo) e direttore dell'União Baiana de Escritores (Salvador). È il creatore della Letteratura Collettiva con Cachaça e presenta il programma Café com Prosa.

Ha ricevuto numerosi premi, tra questi:
- Eccellenza Artistica (Revelando Brasis),
- Amico del Consiglio di Stato dei bambini e adolescenti (Stato di Bahia),
- Premio Destaque "Scrittore eccezionale"
(Coração Notícias),
- Autore esordiente (Sátiro Dias),
- Scrittore enfasi (AMO) e Personalità di Importanza Culturale (Ubesc).

NOTE SULLA TRADUTTRICE

Simona Adivíncula, scrittrice.

Nasce a Salvador de Bahia, Brasile, naturalizzata italiana, oggi vive a Milano con il marito e la figlia.

Scrittrice, romanziera, poetessa, giornalista freelance, è membro dell'Accademia di Cultura della sua città d'origine.

Molto conosciuta ed apprezzata, scrive da 23 anni, ha ben 14 libri pubblicati in diverse lingue con migliaia di copie vendute.

È membro del Rotary e-Club of Latinoamerica. Distrito 4295

Oggi è la responsabile del gruppo di scrittori *Escritores brasileiros na Italia,* nonché la rappresentante delle Edizioni We in Brasile e in tutti i paesi latinoamericani.